La Peste

FichesdeLecture.com

LA PESTE (FICHE DE LECTURE) — 4

I. INTRODUCTION

II. RÉSUMÉ

III. ANALYSE DES THÈMES ET AXES DE LECTURE

Similitude avec les camps de concentration
La séparation
Que faire ?...
La reconnaissance de la peste
La vie quotidienne
Le secours de la religion
La peste et la morale
La révolte
Cottard, les procès et la justice
La peine de mort, Tarrou et la société
L'égalité
Les hommes et l'avenir
La solitude de l'homme

IV. LES PRINCIPAUX PERSONNAGES

Rieux
Rambert
Tarrou
Grand
Cottard
L'humanité

V. LE STYLE DE CAMUS

DANS LA MÊME COLLECTION EN NUMÉRIQUE — 18

À PROPOS DE LA COLLECTION — 21

La Peste
(Fiche de lecture)

I. INTRODUCTION

« La peste » est un roman publié en 1947. Donc après « L'étranger » et avant « L'homme révolté ».

Après la guerre aussi et certains y ont vu des rapprochements entre l'isolement dans Oran et celui des camps de concentration. Personnellement, j'y vois une différence, mais j'en parlerai également dans « Les idées du livre »

Entre bien d'autres choses, ce qui m'a frappé dans le livre ce sont les idées défendues par l'auteur et qui soit proviennent d'ouvrages antérieurs soit apparaissent ici de façon discrète avant de prendre beaucoup plus d'importance dans un livre suivant.

Les raisons de l'éloignement de Tarrou vis-à-vis de la société seront largement développées dans « L'homme révolté » quatre ans plus tard. Quant à celles qui relèvent de la condamnation de la peine de mort, ainsi que les descriptions qu'il donne du climat de l'Algérie et de sa population, elles viennent surtout de ses écrits antérieurs qui sont « Noces » d'abord, « L'étranger » ensuite.

II. RÉSUMÉ

Nous sommes en Algérie, à Oran plus exactement, et nous faisons la connaissance du docteur Rieux et de sa femme. Celle-ci étant malade, il ira la conduire au train pour qu'elle se rende dans un endroit au climat plus propice pour se faire soigner. Mais avant cela, il a quelques visites urgentes à faire. Dans le couloir de son immeuble, à sa plus grande surprise, il tombe en arrêt devant un cadavre de rat. Il le signale à son concierge qui a toutes les peines du monde à le croire.

À son retour pour prendre sa femme, ce sont deux autres cadavres qu'il trouve sur le trottoir.

Le train part. Cette séparation lui coûte, mais il espère bien qu'elle lui permettra de retrouver sa femme en pleine santé. Lui-même est tellement pris par ses occupations que l'augmentation des cadavres de rats ne va pas le frapper outre mesure. Le juge Othon, homme rigide s'il en est, lui parle du phénomène, mais il répond que ce n'est rien.

Il nous décrit Oran comme une ville assez laide, terriblement chaude, au climat dur, dominé par deux saisons qui sont un été et un hiver, peuplée de gens durs surtout préoccupés à faire des affaires, de l'argent. Oran est aussi un port important et la mer y joue un grand rôle. Heureusement qu'elle est là pour rendre la ville un peu plus agréable

Et le nombre de rats morts ne cesse d'augmenter. Maintenant il en est qui sortent en vacillant à la lumière pour y mourir aussitôt.

Rieux fait la connaissance d'un journaliste de Paris, Raymond Rambert, qui souhaiterait l'interroger sur les conditions sanitaires de vie des Arabes. Il va refuser l'interview, Rambert lui avouant qu'il ne peut publier une condamnation totale. La réponse de Rieux est directe : « Je n'admets que les témoignages sans réserve. Je ne soutiendrai donc pas le vôtre de mes renseignements. » (Page 19)

Le phénomène de la mort des rats ne cesse de prendre de l'ampleur et Rieux va trouver son concierge qui ne se sent pas bien du tout. Il a des bubons aux aisselles et une forte fièvre. Elle va passer, puis prendra une ampleur bien plus grande, et le concierge va mourir dans de grandes souffrances. Il sera, pour nous lecteurs, le premier mort de la peste.

Nous faisons aussi la connaissance de quelques personnages qui prendront de l'importance. Il y a le père Paneloux, un jésuite érudit, militant, mais aussi ouvert aux autres. Nous avons rencontré le journaliste Rambert, mais il y a également Grand, petit fonctionnaire dans l'administration de la ville et Cottard, son voisin de palier. Ce dernier vient de tenter de se suicider par pendaison tant il est désespéré. Rieux se verra obligé de signaler le cas à la police.

Le juge Othon, nous l'avons déjà croisé à la gare, mais le voilà au restaurant avec sa femme et ses deux enfants, raide comme la justice qu'il représente. Il y a aussi Jean Tarrou, homme plutôt mystérieux qui habite la ville depuis seulement quelques semaines et vit à l'hôtel. En personnages tout à fait secondaires, il y a un vieil espagnol asthmatique qui râle contre tout et un petit vieux qui n'apparaît à son balcon qu'aux heures où il peut cracher sur les chats.

Les rats continuent à mourir de plus en plus, mais le nombre de malades augmente aussi. Rieux avertit un de ses confrères, le docteur Richard, qui estime qu'il y a peut-être quelque chose, mais qu'il n'est pas habilité à s'occuper de cela.

Il faut dire que le préfet entend ne pas affoler la population et les statistiques de rats morts et de malades ne sont pas dévoilées par les autorités.

Une particularité de ce récit est que nous ne savons pas qui en est le narrateur. Le tout nous est raconté par des carnets, mais dont nous ne connaissons pas le propriétaire.

La peste gagne en amplitude, le nombre des morts devient impossible à cacher. La ville se voit obligée de prendre des mesures. Au départ, elles sont assez ridicules compte tenu de l'importance du problème, mais elles seront rapidement renforcées. La ville va être complètement fermée, à l'entrée comme à la sortie, et l'armée est chargée d'empêcher, par tous moyens, toute tentative d'évasion.

Rambert, comme beaucoup d'autres, n'aura qu'une obsession : sortir de cette ville. Il avoue le faire par amour pour sa nouvelle conquête parisienne. Il est prêt à tout pour y arriver !

Le nombre de morts ne cesse de grimper et chaque famille est obligée de signaler aux autorités la présence d'un malade. Celui-ci sera enlevé par les services sanitaires et placé en quarantaine. Quelques semaines plus tard, tous les autres habitants seront **eux** aussi obligés de se rendre dans un endroit donné pour y être mis en quarantaine. Cet endroit sera le stade de football où des tentes seront dressées.

Très vite les services sanitaires sont débordés, les enterrements ne suivent plus, il n'y a plus assez de cercueils et les morts sont incinérés.

Le seul, dans cette histoire, qui est heureux, c'est Cottard. Pourquoi ?... Nous apprenons qu'il est sous le coup d'une inculpation par la justice et devrait être condamné à de la prison. Or, il ne veut en aucun cas être séparé des autres ! Il ne peut envisager la prison ! Comme l'administration, la police et la justice sont débordées, il se dit qu'on ne s'occupera pas de son cas et qu'il ne risque donc rien. Il préfère les risques de la peste à la certitude d'aller en prison.

Devant l'aggravation de la situation, Tarrou se rend compte qu'il est indispensable de créer un service de bénévoles. Il en parle à Rieux qui, bien sûr, lui donne raison, mais ne voit pas très bien qui acceptera. Il se trompe ! Tarrou va former, avec son aide, toute une équipe à l'intérieur de laquelle il travaillera en collaboration avec Grand, Panelou et même Rambert.

Pourtant, celui-ci avait enfin trouvé le filon pour s'échapper d'Oran ! Mais il recule à la dernière minute s'estimant solidaire de cette ville et de ses habitants. Rieux, qui comprenait ses motivations, n'en revient pas.

Outre les deuils, il est indiscutable que le premier mal qui secouait la population était cette séparation totale d'avec le monde extérieur. Chacun avait un être aimé hors de la ville et de bons motifs pour vouloir la quitter. Mais il y a aussi le fait que, comme le dit le narrateur, l'homme supporte beaucoup de choses tant qu'il n'est pas séparé des autres. C'est aussi dans ce sens que les familles qui avaient un malade suppliaient de pouvoir le garder. Tout plutôt que la séparation !...

Le juge Othon, une fois de plus, se conduira avec honneur. Son fils sera atteint par la peste et il le signalera. Sa femme, son autre enfant et lui-même seront donc mis en quarantaine. Il sera séparé d'eux parce qu'on ne mélange pas les sexes en quarantaine. Signalons ici que son fils mourra malgré le vaccin mis au point par un des médecins sur place. En effet, les vaccins de Paris se comptent sur les doigts et s'avèrent assez peu opérants sur cette peste-là !

D'ailleurs, après une légère accalmie, la maladie va évoluer en une sorte de peste pulmonaire, bien plus grave encore !...

Son temps de quarantaine fait, Othon va demander à Rieux de l'accepter comme volontaire pour l'aide à l'administration du stade et de ses habitants.

Au départ, les gens de la ville ont continué à s'occuper, à faire des affaires, mais bien vite ils vont s'arrêter par la force des choses. Le port est fermé et les marchandises n'arrivent plus. Bien vite les cafés n'ont plus grand-chose à servir. Or, passer les soirées à la terrasse des cafés était une des principales distractions des Oranais !

Un grand moment du livre se passe quand le narrateur nous raconte que Rieux et Tarrou parviennent à atteindre la mer. Ils se déshabillent et plongent. Les deux hommes nagent et admirent le ciel et la lune. Ils vivent un moment d'une terrible intensité, une grande sensation de liberté. Après ce bain, Tarrou avouera à Rieux ce qu'il fait à Oran et pourquoi il ne l'a pas quittée. En outre, en acceptant le rôle de bénévole, il augmente terriblement son risque d'attraper la maladie.

En réalité, Tarrou s'est éloigné de la société de façon générale. Être là ou ailleurs n'a plus aucune importance pour lui. C'est dans la partie « Les idées du livre » que je voudrais développer ce point.

Sachez encore que Panelou mourra aussi, ainsi que Tarrou lui-même. Ce dernier sera quasiment le dernier mort fait par la peste à Oran. Mais, par exception, Rieux ainsi que sa mère qui vit avec lui, refuseront de le signaler comme malade et de l'envoyer mourir avec les autres.

Quant à Cottard, il n'aura qu'une seule inquiétude tout au long de cette histoire : la peur que la peste s'arrête !

Mais voilà que la maladie recule presque aussi vite qu'elle est arrivée. C'est l'euphorie en ville, mais il faut encore attendre un certain délai pour avoir la certitude de pouvoir la rouvrir.

Entre-temps, Rieux reçoit enfin un courrier des médecins de sa femme qui lui annonce son décès !

Au jour convenu, un bateau amène les gens qui viennent de l'extérieur retrouver leurs familles. La femme qu'attendait Rambert est bien parmi eux !... Pour d'autres, les choses sont plus terribles. Il y en a qui ne retrouvent plus personne dans la maison familiale ! Il en est qui apprendront le décès de certains membres de leur famille. Et puis il y a les autres qui vont se lancer dans une fête d'enfer !

Quant à Rieux, le voilà qui reprend ses visites de routine habituelle. Il y a l'asthmatique toujours aussi râleur, mais nous verrons également se rouvrir les volets du cracheur sur les chats... Il y a de nouveau des victimes possibles avec les animaux qui n'avaient pas été déclarés à l'administration pendant la maladie.

Un dernier drame : des coups de feu retentissent dans une rue ! Rieux court se rendre compte et voit la police en position. L'administration avait repris ses fonctions et Cottard n'entendait pas se laisser prendre vivant. Ils y arriveront cependant et il ira en prison.

Nous voilà arrivés à la fin de cette chronique. Il vous reste à savoir qui en était l'auteur !... C'est le docteur Rieux lui-même...

III. ANALYSE DES THÈMES ET AXES DE LECTURE

Notons que les numéros de pages repris ci-dessous correspondent à l'édition « Folio » de « La peste »

Similitude avec les camps de concentration

Certains ont cru voir une similitude entre les camps de concentration et Oran pendant la peste. Personnellement, je ne le pense pas. En effet, se retrouvent prisonniers dans Oran ceux qui sont ses habitants habituels ou ceux que le hasard a mis là, à ce moment-là. Tout le monde est pris par surprise et par ce hasard. En outre, la peste frappe à l'aveugle et non selon une logique ou un but. À part des situations financières différentes, tous les hommes sont égaux devant elle et les traitements sont les mêmes pour tous. Le juge Othon en est une preuve ainsi que Panelou.

Or, nous savons tous que la population des camps fut composée tout autrement. Il y avait des condamnés pour des motifs complètement diffé-rents et cela allait des Juifs aux condamnés de droit commun en passant par les résistants et les opposants politiques. En outre, chaque catégorie de prisonniers n'était pas traitée comme les autres, il n'y avait que très peu d'égalité. De plus, au lieu du choix aveugle de la peste, il arrivait souvent que ce soit l'arbitraire d'un homme qui en fasse mourir un autre.

La séparation

C'est une idée qui revient de façon récurrente dans le livre. Il y a ceux qui sont dehors et libres, et ceux qui sont dedans et enfermés.

Il y a d'abord les couples séparés qui souffrent, comme Rambert de sa nouvelle amie, Rieux de sa femme et bien d'autres. Il y en a aussi qui sont coupés d'enfants, d'amis, etc.

Mais il y a surtout cette sensation de séparation, d'isolement de tous les autres. Le monde extérieur vit et bouge alors qu'ils sont enfermés. Et Camus insiste bien sur le fait qu'il n'y avait plus ni motifs exceptionnels, ni quoi que ce soit d'autre : « A la vérité il fallut plusieurs jours pour que nous nous rendissions compte que nous nous trouvions dans une situation sans compromis, et que les mots « transiger », faveur », « exception » n'avaient plus de sens. » (Page 68)

L'auteur revient à de nombreuses reprises sur ce sentiment d'isolation et de séparation et écrit : « Ainsi, la première chose que la peste apporta à nos concitoyens fut l'exil. » (Page 71)

Il analyse longuement les multiples conséquences de cette sensation sur l'être humain et constate que ceux qui souffrent de l'absence d'un être aimé sont des « privilégiés »

Il écrit : « … au moment même, en effet, où la population commençait à s'affoler, leur pensée était tout entière tournée vers l'être qu'ils attendaient. » (Page 75)

Que faire ?...

Soigner la peste est quasi impossible et les vaccins envoyés de la capitale s'avèrent sans effets. Ce n'est que vers la fin qu'un vaccin un peu plus efficace sera produit sur place.

Dès le début du livre, le docteur Rieux va nous donner le seul comportement possible quand Camus lui fait dire : « Ce qu'il fallait faire, c'était reconnaître clairement ce qui devait être reconnu, chasser enfin les ombres inutiles et prendre les mesures qui convenaient. » Et un peu plus loin il poursuit : « Rieux se secoua. Là était la certitude, dans le travail de tous les jours. Le reste tenait à des fils et à des mouvements insignifiants, on ne pouvait s'y arrêter. L'essentiel était de bien faire son métier. » (Page 68)

La reconnaissance de la peste

Je crois que chaque lecteur aura tendance à être étonné du temps qu'il faudra pour reconnaître que la ville est attaquée par cette maladie. Alors que les rats meurent par centaines de par les rues, cette idée ne vient à l'esprit de personne. Rieux soigne le concierge et ne fait pas de rapport entre les cadavres de rats et la peste. Le juge Othon lui parle des rats morts et il répond distraitement.

Je crois qu'il n'y a là rien de très anormal. Cette maladie semblait éliminée de la surface de notre terre. Si la France a encore connu une grande épidémie de typhus au dix-neuvième siècle, ce genre de fléau paraît presque impossible aux hommes de l'époque où le livre a été écrit.

D'autre part, reconnaître la peste entraînerait des décisions terribles à prendre, comme la fermeture totale de la ville à toute vie extérieure. Ces décisions finiront par être prises ainsi que celles qui obligeront les familles des malades à signaler le cas aux autorités et, en conséquence, leur mise à l'écart. Les autorités ont tendance à éviter ce genre de chose qui provoquerait une panique générale.

« La question, insista Rieux, n'est pas de savoir si les mesures prévues par la loi sont graves, mais si elles sont nécessaires pour empêcher la moitié de la ville d'être tuée. Le reste est affaire d'administration... » (Page 52)

La vie quotidienne

Le narrateur, qui, comme nous le savons, n'est autre que Rieux lui-même, s'attendait à une population qui allait s'enfermer chez elle dans le but de tenter d'éviter la contagion.

Il n'en ira pas du tout ainsi. Les habitudes l'emportent et les gens poursuivent leur vie comme elle était. On travaille, on fait des affaires aussi longtemps que cela est possible. Les restaurants sont remplis et les soirées se passent aux terrasses des bistrots comme auparavant. On va toujours au théâtre, jusqu'au jour où un des acteurs s'effondre terrassé par la maladie en plein spectacle.

En revanche, une des choses essentielles à la vie Oran, la mer, est interdite d'accès. Un des grands moments d'émotion du livre se passe quand Rieux et Tarrou trouvent un accès à la mer et y prennent un bain de nuit. Pour la première fois, Tarrou se livre.

Le secours de la religion

Le père Panelou décide de faire une grand-messe où il fera un prêche. Pour lui, il est évident que le moment est venu de réfléchir. Chacun pensait satisfaire à ses obligations en suivant la messe du dimanche, plus ou moins distraitement. Mais voilà, cela ne suffisait pas !... Panelou dit que la peste est le moyen envoyé par Dieu pour les faire réfléchir sur le monde, pour le voir autrement. Il rappelle que derrière chaque mort il y a l'éternité. Pour plaire à Dieu la vie doit tout d'abord être amour.

Panelou dit que « ... jamais plus qu'aujourd'hui, au contraire (...il...) n'avait senti le secours divin et l'espérance chrétienne qui étaient offerts à tous. Il espérait contre tout espoir que, malgré l'horreur de ces journées et les cris des agonisants, nos concitoyens adresseraient au ciel la seule parole qui fut chrétienne et qui était d'amour. Dieu ferait le reste. » (Page 95)

Ce prêche de Panelou ne sera que très moyennement bien ressenti par la population. Elle attendait autre chose qu'un dur rappel à ses devoirs d'amour. Quant à l'idée que la maladie serait une punition envoyée par Dieu, elle ne peut en aucun cas rassurer qui que ce soit...

La peste et la morale

Camus fait remarquer que si l'état de peste devait durer les mœurs évolueraient.

« Il y a tous les jours vers onze heures, sur les artères principales, une parade de jeunes hommes et de jeunes femmes où l'on peut éprouver cette passion de vivre qui croît au sein des grands malheurs. » (Page 113)

Cette situation est normale puisque chacun, à tous moments, peut être touché par la peste et mourir très vite. Il s'agit donc de profiter de la vie et non pas de respecter des règles qui sont peut-être bonnes quand on a la vie devant soi. Ceci se vérifie même aujourd'hui en Californie, par exemple, où les mœurs sont beaucoup plus lâches qu'ailleurs aux USA. Mais la population y vit aussi avec de très nombreux tremblements de terre et la faille de San Andrea est une menace permanente.

La révolte

Il va de soi que cette notion allait être abordée. Elle le sera à de nombreuses reprises et tout le comportement de Rieux en est imprégné. Il lutte jusqu'à l'épuisement, sachant pourtant qu'il ne peut pas grand-chose, mais il s'agit de ne pas accepter ! Camus écrit :

« Mais ce qui est vrai des maux de ce monde est vrai aussi pour la peste. Cela peut servir à grandir quelques-uns. Cependant, quand on voit la misère et la douleur qu'elle apporte, il faut être fou, aveugle où lâche pour se résigner à la peste. » (Page 119)

Il convient donc de ne pas se résigner or, ne pas se résigner veut dire « lutter contre » se révolter. Dans ses premières œuvres, Camus insiste surtout sur l'absurdité du monde, la misère humaine. En revanche, dans « La peste », il insiste surtout sur la nécessité de la révolte et de la solidarité.

La révolte de Rieux consiste, comme il l'a dit au début, à bien faire son métier même s'il se rend compte qu'il ne peut pas faire grand-chose.

Tarrou est un révolté contre la société comme elle est et, le hasard ayant fait qu'il soit à Oran, il estime devoir être solidaire. Pendant très longtemps il n'en sera pas du tout de même du journaliste Rambert qui ne pensera qu'à s'évader pour retrouver sa nouvelle petite amie. Mais, au moment de partir, il renonce aussi au nom de la solidarité et cela bien que Rieux lui dise comprendre son envie de partir.

Tarrou, Panelou, et Rambert vont même aller jusqu'à être volontaires pour s'occuper des malades, malgré l'énorme risque que cela représente. Les deux premiers mourront...

Dans la phrase reprise ci-dessus, Camus dit que les circonstances exceptionnelles peuvent « ... servir à grandir quelques-uns » Ce sera le cas de Rambert, de Grand aussi. Quant au juge Othon, on pouvait croire qu'il le ferait.

Cottard, les procès et la justice

Nous savons que Camus était viscéralement opposé à la peine de mort. Il le dit assez dans « L'étranger », mais aussi dans d'autres livres. Tarrou est révolté contre la société, contre son père, qui la représente en tant que procureur exigeant la tête de certains accusés.

Mais nous avons aussi Cottard. Cottard qui se réjouit de la peste qui règne parce qu'il ne sera donc pas jugé. Il ne peut envisager d'être séparé de la vie et des hommes, être condamné à de la prison semble lui pire que de risquer la mort par la peste. En effet cette dernière fait partie des risques de chacun ce qui ne serait pas le cas pour la prison.

Notons que nous ne saurons jamais le méfait qu'a commis Cottard. Cela pourrait être un crime ou une simple escroquerie, et je pencherais pour cette dernière vu le personnage. Rieux ne juge jamais Cottard et se montre aimable avec lui. Il est un patient comme un autre.

La peine de mort, Tarrou et la société

Tarrou se confie à Rieux et lui explique ce qu'il fait et ce qu'il a fait auparavant. D'abord le choc, lorsqu'il assiste pour la première fois à un procès où son père demande la mort :

« Mais ce petit homme au poil roux et pauvre, d'une trentaine d'années, paraissait si décidé à tout reconnaître, si sincèrement effrayé par ce qu'il avait fait et ce qu'on allait lui faire, qu'au bout de quelques minutes je n'eus plus d'yeux que pour lui. Il avait l'air d'un hibou effarouché par une lumière trop vive… Il se rongeait les ongles d'une seule main, la droite… Bref, je n'insiste pas, vous avez compris qu'il était vivant. » (Page 224)

Ce « était vivant » est à opposer à ce que la société envisage de faire de lui et cela Tarrou, comme Camus, ne peut pas l'admettre ! Aucun des deux ne reconnaît ce droit à la société. Il s'agit d'un meurtre, légal, mais d'un meurtre quand même.

Camus luttera toujours contre la peine de mort.

Au travers de Tarrou, il pousse le problème plus loin et se demande si l'homme est capable de vivre sans tuer. Tarrou raconte à Rieux que lui aussi a participé à des exécutions. S'étant engagé dans un mouvement, celui-ci a condamné des gens selon ses critères et soit des traîtres, ou supposés tels, soit des opposants ont été exécutés. « Mais on me disait que ces quelques morts étaient nécessaires pour amener un monde où l'on ne tuerait plus personne. »

Toujours ce fameux monde à construire, ce monde idéal qui ne peut que venir de l'action en cours et au nom de laquelle les pires exactions se font !…Et sont même justifiées !

Comme je vois très mal Tarrou engagé dans un mouvement de droite, je suppose qu'il était engagé à gauche. Le mythe du monde merveilleux à venir correspond également davantage à la gauche qu'à la droite. Il devait probablement s'agir soit de la guerre civile espagnole, soit de la résistance à l'Allemagne par les maquis communistes.

« On » donnait à Tarrou les meilleures raisons pour justifier ce qui était fait, mais, à un certain moment, il n'a plus marché : « Et je me disais qu'en attendant, et pour ma part au moins, je refuserais de jamais donner une seule raison, une seule, vous entendez, à cette dégoûtante boucherie. » (Page 227)

Il dit que même ceux qui sont meilleurs que les autres ne peuvent s'empêcher de tuer ou de laisser tuer « … et que nous ne pouvions pas faire un geste en ce monde sans risquer de faire mourir. » (Page 228)

Devant cette constatation Tarrou estime s'être retiré du monde : « …et qu'à partir du moment où j'ai renoncé à tuer, je me suis condamné à un exil définitif. »

Il dit aussi qu'il n'a ni le goût de l'héroïsme ni celui de la sainteté. Tout ce qu'il veut c'est « être un homme » Et être un homme ce n'est pas accepter, subir, mais se révolter et être solidaire.

L'égalité

Contrairement à ce que l'on pourrait croire, la peste n'a en rien créé l'égalité entre les hommes puisqu'il y a eu les chanceux et les malchanceux de la peste. La seule égalité qu'elle a créée a été celle de la peur.

En revanche, la ville ouverte à nouveau, la joie de se retrouver raccordée au monde, aux autres crée cette égalité. Comme le dit Camus « … au moins pour quelques heures. » (Page 268)

Les hommes et l'avenir

Rieux, et Camus à travers lui, éclaire la dernière page du livre d'une petite note d'optimisme quand il écrit « … qu'on apprend au milieu des fléaux, qu'il y a dans les hommes plus de choses à admirer que de choses à mépriser. » (Page 279)

Mais tout de suite après, il insiste sur le fait que le fléau de la peste ne disparaîtra jamais, que les hommes devront rester vigilants et prêts à lutter.

Cela est vrai pour la peste, mais cela est tout aussi vrai pour d'autres fléaux comme les dictatures par exemple.

La solitude de l'homme

Malgré les liens qui se tissent, Camus montre que l'homme reste seul face à son destin et la mort. Le juge Othon illustre bien cela. Le hasard de la peste lui a pris son fils et il choisira de rester dans le camp de la quarantaine plutôt que de rejoindre le reste de sa famille.

IV. LES PRINCIPAUX PERSONNAGES

Je ne m'étendrai pas longtemps sur cette rubrique, les personnages ayant été décrits dans le résumé ainsi que dans les idées.

Rieux

En tant que médecin il accomplit son rôle envers et contre tout et tout en sachant qu'il ne peut pas faire grand-chose. Il est préoccupé aussi par la santé de sa femme, mais il est tellement engagé dans sa lutte qu'il y pense à peine. C'est un homme qui sait écouter, tolérant et agréable.

Rambert

Le vrai journaliste uniquement préoccupé par son papier. Il n'accepte pas d'être enfermé dans la ville. Sa petite amie lui manque, mais aussi son journal et Paris. Il ne cessera de chercher un moyen pour sortir et ne le saisira pas quand il se présentera. Rambert abandonne son égoïsme et adhère au groupe des volontaires soignants. Il s'est finalement senti solidaire.

Tarrou

Au départ un personnage assez mystérieux qui ne se livre quasiment pas. Bonjour et au revoir, guère plus. Mais il sera l'initiateur du groupe des soignants volontaires et se donnera à fond à sa tâche. Enfin il se laissera aller à des confidences avec Rieux.

Grand

Le petit fonctionnaire type qui estime avoir raté sa vie et surtout son mariage sa femme l'ayant quitté. Il se lie assez facilement avec Rieux et s'occupe gentiment de Cottard. Grand a une obsession : écrire une œuvre après laquelle on lui dira « Chapeau ! » Mais elle doit être tellement parfaite qu'après des centaines de lignes et de nuits passées à écrire il n'en est toujours qu'à la première ligne. Grand tiendra les statistiques des morts.

Cottard

Nous le rencontrons au moment de sa tentative de suicide. Obnubilé par son risque de faire de la prison. Il vit grandement et arrose les garçons de café de ses pourboires royaux pour qu'ils puissent témoigner à son procès qu'il était un homme bon. Pendant la peste il fréquente des milieux douteux et se fait de l'argent également douteux. Mais il est sympathique à Rieux qui le comprend.

L'humanité

Il convient de ne jamais oublier qu'Albert Camus est un auteur qui a pour caractéristique d'être très humain. Vous constaterez que dans ce livre les personnages sont loin d'être des gens exceptionnels. Ils composent ce que nous pourrions appeler « l'humanité courante » Rieux s'entend très bien avec ces gens et, surtout, il les comprend et est proche d'eux.

Les seuls avec lesquels il ne s'entend que difficilement font partie des autorités parmi lesquelles nous rangerons le médecin Richard qui n'ose pas prendre ses responsabilités.

V. LE STYLE DE CAMUS

Un peu comme dans « L'étranger » Camus utilise une langue très simple et très directe pour nous raconter cette histoire. Cette langue est parfaitement adaptée pour donner vie aux divers personnages.

Lire deux ou trois pages de ce livre et l'on comprend tout de suite que l'on est en compagnie d'un grand écrivain et d'un très grand livre.

Dans la même collection en numérique

Les Misérables

Le messager d'Athènes

Candide

L'Etranger

Rhinocéros

Antigone

Le père Goriot

La Peste

Balzac et la petite tailleuse chinoise

Le Roi Arthur

L'Avare

Pierre et Jean

L'Homme qui a séduit le soleil

Alcools

L'Affaire Caïus

La gloire de mon père

L'Ordinatueur

Le médecin malgré lui

La rivière à l'envers - Tomek

Le Journal d'Anne Frank

Le monde perdu

Le royaume de Kensuké

Un Sac De Billes

Baby-sitter blues

Le fantôme de maître Guillemin

Trois contes

Kamo, l'agence Babel

Le Garçon en pyjama rayé

Les Contemplations

Escadrille 80

Inconnu à cette adresse

La controverse de Valladolid

Les Vilains petits canards

Une partie de campagne

Cahier d'un retour au pays natal

Dora Bruder

L'Enfant et la rivière

Moderato Cantabile

Alice au pays des merveilles

Le faucon déniché

Une vie

Chronique des Indiens Guayaki

Je voudrais que quelqu'un m'attende quelque part

La nuit de Valognes

Œdipe

Disparition Programmée

Education européenne

L'auberge rouge

L'Illiade

Le voyage de Monsieur Perrichon

Lucrèce Borgia

Paul et Virginie

Ursule Mirouët

Discours sur les fondements de l'inégalité

L'adversaire

La petite Fadette

La prochaine fois

Le blé en herbe

Le Mystère de la Chambre Jaune

Les Hauts des Hurlevent

Les perses

Mondo et autres histoires

Vingt mille lieues sous les mers

99 francs

Arria Marcella

Chante Luna

Emile, ou de l'éducation

Histoires extraordinaires

L'homme invisible

La bibliothécaire

La cicatrice

La croix des pauvres

La fille du capitaine

Le Crime de l'Orient-Express

Le Faucon malté

Le hussard sur le toit

Le Livre dont vous êtes la victime

Les cinq écus de Bretagne

No pasarán, le jeu

Quand j'avais cinq ans je m'ai tué

Si tu veux être mon amie

Tristan et Iseult

Une bouteille dans la mer de Gaza

Cent ans de solitude

Contes à l'envers

Contes et nouvelles en vers

Dalva

Jean de Florette

L'homme qui voulait être heureux

L'île mystérieuse

La Dame aux camélias

La petite sirène

La planète des singes

La Religieuse

À propos de la collection

La série FichesdeLecture.com offre des contenus éducatifs aux étudiants et aux professeurs tels que : des résumés, des analyses littéraires, des questionnaires et des commentaires sur la littérature moderne et classique. Nos documents sont prévus comme des compléments à la lecture des oeuvres originales et aide les étudiants à comprendre la littérature.

Fondé en 2001, notre site FichesdeLectures.com s'est développé très rapidement et propose désormais plus de 2500 documents directement téléchargeables en ligne, devenant ainsi le premier site d'analyses littéraires en ligne de langue française.

FichesdeLecture est partenaire du Ministère de l'Education du Luxembourg depuis 2009.

Plus d'informations sur www.fichesdelecture.com

ISBN : 978-2-511-02938-1

Notes :